林彧詩集

嬰兒翻

目錄

推薦序

在破折中翻身

向陽

一

這是林彧的第五本詩集，距離前一本詩集《戀愛遊戲規則》（台北：皇冠，一九八八）出版，已有二十九個春秋。這將近三十年間，詩人林彧何以嘎然斷弦？這黃金一般的三十年歲月，林彧的輟筆，讓喜愛他詩作的讀者悵然，讓曾經對他有所期許的詩友愕然。他的詩寫得那麼好，為什麼就停筆了？

三十年，塵土飛揚，雲月依舊。往前推，林彧崛起於一九七〇年代，受到文壇矚目，則在一九八〇年代。

一九八二年七月，時任〈中國時報・人間副刊〉主編的高信疆以逐日刊登的連載方式，推出林彧所寫一系列都市詩。這種打破副刊登載詩作潛規則的大氣魄，是台灣副刊史上首見的優遇，何況當時林彧還是新人？

兩年後，一九八四年七月，時報文化出版公司為林彧出版第一本詩集《夢要去旅行》。詩人余光中特別以〈拔河的繩索會呼痛嗎？〉為題作序，並稱許林彧：

在紛紜複雜的都市生活裡，他扮演的角色，是受薪階級青年知識分子的代言人，用生動的形像演出他這一類青年的恐閉症和無奈感，以及在人群的壓力下力圖保持個性的欲望。……這些詩，已經成為八十年代新感性的醒目站牌了。

再過兩年，一九八六年三月，林彧挾其旺盛的創作力，由希代出版社推出第二本詩集《單身日記》，收入他進入媒體（從《聯合報》記者到《時報周刊》主編）之後所寫的詩，以都會上班族為素描對象。書後收入同代青年詩人林燿德所撰長論〈組織人的病歷表——論林彧有關白領階級生存情境的探索〉，讚譽林彧是繼羅門之後，「少數以都市精神入詩，並且獲得成就與肯定的第二代都市詩人」。

這個階段的林彧，還未滿三一歲，他以上班生活所見入詩，寫資本主義下都市叢林中上班族的痛。他的名作，如〈名片〉、〈椅子〉、〈釘書機〉、〈迴紋針〉、〈分貝〉、〈積木遊戲〉、〈D先生〉、〈某上班男子〉、〈卡拉OK〉、〈上司〉、〈卷宗生涯〉、〈更上一層——科員歲月〉、〈單身日記〉等，至今仍被傳誦。這些深刻寫出都市社會之冰冷與白領階級之苦悶的詩作，標誌了一九八〇年代台灣都市詩的新視域和新領地，也是青年林彧詩作的最高峰了。

再過一年，一九八七年十二月，林彧一反《夢要去旅行》、《單身日記》的都市詩書寫，由漢藝色研出版社推出第三本詩集《鹿之谷》，展開了一程新的旅行。我在這本詩集序〈好山好水好山水〉中指出，「這趟旅行，不再是騎樓下的蹀躞、燈影下的焦思，也不再是白領階級黑色的憤怒；這趟旅行，是大自然的走踏，林彧割捨了年少時的浪漫，重行注視他腳下的土地。」也強調林彧的這集詩作：

調整了我們原來受限於古典山水詩作的印象，使我們從現代山水詩中目擊了文明對自然的凌遲。山水詩，從此不再只是文人雅士逸遊的閒情之作，而是現代人面對受虐的大自然的反省與思考。林彧的這本詩集也因而可以在八〇年代末葉的今天，宣告現代山水詩的誕生及其意義所在。

一個月後，一九八八年一月，林彧由皇冠出版社推出第四本詩集《戀愛遊戲規則》，收入這個階段他寫的情詩，是主題詩集，補充了他在都市詩、現代山水詩之外的另一個擅長的領域。

然而，此後二十九年，林彧未再推出新詩集，曾是一九八〇年代備受推崇的青年詩人，一九八三年獲中國時報文學獎新詩推薦獎、一九八四年獲創世紀三十周年新詩創作獎、一九八五年又以詩集《單身日記》獲金鼎獎的他，此後未再發表詩作；一九九〇年曾被簡政珍、林燿德選入《新世代詩人大系》（台北：書林）二十四家之一的他，此後一如神鳥，隱身於詩界之外，成為一則傳奇；近十年來，則隱於鳳凰山麓的故鄉溪頭，在「三顯堂」內賣茶，只以臉書與外界維持必要的聯繫。

二

這本詩集《嬰兒翻》因而是林彧沉潛近三十年後的再出發、再翻轉，是林彧進入耳順之年、花甲之歲之際，以返樸拙、歸清真的初心寫出的詩集，但又不只是詩集，它同時也是林彧面對人生苦難、頓挫與危機，用坦蕩之心、動人之詩來面對的生命之書。

一如林彧在詩集〈後記〉中所說，這些詩寫於他近十年人生的「破折」時期：

> 我從報社的高薪職位退下後，返鄉賣茶十年，時常遇著資金周轉瀕臨失靈的窘境。眼鏡磨損了，不敢換新鏡片；捨不得坐高鐵，選擇便宜的長途巴士，說是這樣才有足夠時間打瞌睡；一雙皮鞋穿到鞋帶脫穗，牛仔褲洗到褲管破裂，這倒追上流行的腳步。然而，真正的破折卻是去年畫出來的。
>
> 二〇一六年，我滿六十歲了。這一年，端午，中風；中秋，失恃；十月，

仳離。所謂：「橋下流走的花，青春的戀人，回不去的家。」這三種人生況味，全在花甲的下半年一一嚐遍。

是這樣的「破折」，在年過半百之後，以突如其來的雷電，不斷擊打，方才有了這本詩集的萌發與誕生。

林彧年輕時，不只詩藝受到高度肯定，也是雜誌編輯界的高手。他於一九八一年退伍，進入《聯合報》擔任校對，八三年為該報派赴故鄉南投縣任地方記者；八四年進入當時國內雜誌界的龍頭《時報周刊》擔任主編，也曾兼任《中國時報》文化新聞中心副主任，二〇〇四年以《時報周刊》副社長兼執行副總編輯身分退休；二〇〇五年轉任國內重要政論論雜誌《新新聞》周刊副社長，〇六年辭職。林彧的編輯生涯長達二十二年之久，這是他人生最風光的階段。他的詩作之所以銳減，和編輯檯上的緊張忙碌、編輯生涯的放酒縱歌，不無關連。

二〇〇七年返鄉之後，經營「三顯堂」茶行，是林彧人生的重大轉折點。這本詩集所收，從二〇一〇年九月迄二〇一七年三月，乃是他返鄉之後，迄於去年集中風、失恃、仳離於一身的劫後之作。人生的跌宕起伏、生命的頓挫波折，林彧皆已遍嘗，以之入詩，無論抒情、寫景、敘事、諷諭、感懷，乃無矯揉裝束之必要。情真意切，故能沁人心脾、豁人耳目，動人魂魄。王國維《人間詞話》：「能寫真景物、真感情者，謂之有境界」，林彧這本詩集《嬰兒翻》各作，就是最佳的現代版展示。書名《嬰兒翻》，是林彧寫於中風後於復健病床之作，「翻身後，我像剛滿月的／嬰兒，在復健床上無知地笑著」，則是老子「見素抱樸」這句話最生動、也最深沉的轉譯。

是的，正是因為生遭逢巨大的「破折」，那來自中風的病痛、失恃的沉哀、仳離的神傷，讓詩人以最真摯的語言去面對，而終於能從「破折」中有以翻身。寫於復健時期的〈多柿之秋〉，語言直白，卻饒富哲理：

半生不熟味道濃
唯有它，必須拌著夕陽嚼食
只剩慚顏羞色，再無火氣
回味起來就沒了苦澀

六十歲，這個花甲
端午，失去健康
中秋，失去母親
十月，失去婚姻

來到黃昏的柿子林
逐顆撿拾失血的
地球。缺憾這麼多
卻更接近圓滿的境地了

這首詩看似平淡，卻有多重轉折。從秋日的「柿子」、「夕陽」到「失血的地球」，意象翻轉三層，分別以苦澀的柿子喻人生的多舛、以夕陽喻花甲之年，以失血的地球喻人生世間的缺損。中段實描詩人身受的災厄，作為前段實景的註腳、後段感悟的境解。寫實、寫意、寫境，因而相融並生，最後收結於缺憾拋還天地，了無遺憾（圓滿）的體悟，尤其高妙。

林彧翻轉的，還不止於面對人生苦厄的重生啟示，他的詩藝和詩觀也有了和一九八〇年代初出詩壇，以「都市詩人」揚名之際不一樣的轉變。他在〈日出習詩〉中強調的，不是語言的矯揉鍛鍊、文字的扭曲變化（練出六塊肌那樣），而是有「淚水的溫度」（語言與內容），來自「熟悉的水域」（生活與現實）的「躺在自己的格子」（有個人生命與風格）的詩：

想把文句操練出
六塊肌，外加兩條人魚線

你在經典裡捲腹，橫向，側向
勤赴別人的場子，仰臥
起坐，他的春花，他的秋月

但是我只想探測你

淚水的溫度而已
在詩的國度裡
鋼鐵腹肌與速食店的
八塊雞，一樣，令人嘴角痠麻

何不回到熟悉的水域
淺淺的渦紋，緩緩地流轉
就算誤讀，也是霧中擊浪
字，安分地躺在自己的格子
想像，才開始展翅

林彧並非不擅長類似「後現代」的語言使弄與斷裂，那早在他一九八四年發表的詩〈單身日記〉中就已經早熟地展示了：

01:30　夢見一條戰艦載著星星在霧中航行；

03:30　有個朋友在地球的另一端踏雪寄信：
05:30　錯接的電話打進，他忘了說抱歉；
07:30　牛奶吥口噙著淚水，麵包有點霉味；
09:30　車禍在公司的樓下靜靜地發生；
11:30　鉛筆和拍簿都遺留在死寂的會議室；
13:30　飛機掠過，波斯貓在花園中打盹；
15:30　銀行的出納小姐又換了髮型：
17:30　晚報上沒有股票下跌的消息吧；
19:30　到哪裡去？霓虹燈交映之後是醫院；
21:30　電視機痴呆的瞳孔，
　　　衣櫥袒開雜猥的胸堂，
　　　啤酒罐頭不能滿足嘴巴，
　　　黑色話筒等待聲音的耳朵；
23:30　望遠鏡，對樓的窗口逐一暗下；
00:00　翻轉一次，壓到傷口，傷口喊痛；

00:29　翻轉一次，壓到傷口，嘴巴，喊痛；
00:59　翻轉一次，壓到傷口，心頭喊，痛；
01:30　夢見一條木船在空洞的天上，
　　　　無聲地滑過…………

這樣以時間和斷片的事記，拼貼日常瑣碎，來表現現代人（或都市人）空洞而百無聊賴的後現代作品，在林彧一九八〇年代的都市詩中俯拾可得，有其精妙之處，也形塑了林彧都市詩的後現代性。

三十年後完成的這本詩集《嬰兒翻》，絕大多數來自林彧臉書。臉書的即時性、互動性和圖文性具有傳播學者麥克魯漢（Herbert Marshall McLuhan）所稱的「媒介即訊息」（the medium is the message）特質，作為人體的延伸，媒體會改變訊息的形式與內容。林彧善用臉書，貼圖貼詩，每能引發臉友的感動與回應。這些隨手貼寫於臉書的詩作，或因眼前所境之景而發，或因心內所動之情而寫，無不靠近最真實的生活場域，也無非都是林彧真情流露之作。久而久之，也就自然形成了迥異於「都市詩」時期的語言風格：他以素樸的、生活的語言，抓攫閃過即逝的景象、感悟，乃至吉光片羽，都寫入詩行，讓看似平素無奇的日常生活，在平白可讀的語言中，重新被看到，也重新被發現其中新奇、鮮亮而又具有啟發的新的意涵。

在這本不分卷，依寫作時間排列的詩集中，從第一篇〈黃昏的赤松〉到最後一首〈秋禍〉，共收一一七篇，各篇中有「一題兩首」，合共一一八首，短制為多，都來自林彧十年中「熟悉的水域」，賦予奇詭的想像和深刻的哲理。他所寫的題材，可大分為山水、親情、世情和疾病等四類，四類互相浸染、連結，寫出了林彧初老之年的人間行走，悲喜、哀樂、病苦、死苦，盡入筆下。極具日常性的語言，在這些詩作之中，也就更妥貼地傳達了與書寫主題呼應的力道。

一首〈黃昏的赤松〉就將自然界的赤松、時辰中的黃昏，和人生歲月的初老，結為一體，既寫山水景物，也寫初老心境：

回家的路上，我撥算鳥聲
每滴啁啾都在雕刻著你的寂靜

你伸出的枝枒正準備迎接
黑幕垂降，樹臂要拋扔星斗

轉入晚年的小徑，我知道
黃昏不昏，赤松赤心

這詩有王維〈山居秋暝〉（明月松間照，清泉石上流）的恬淡，又有林彧「黃昏不昏，赤松赤心」的晚來隨喜，景物與心境相互映襯，動人十分。〈落葉商議〉中的「鄉愁若發了芽／滿山綠葉都奮臂吶喊／再把我們拋向更遙遠的地方」，如此；〈春枝〉中的「春日，落櫻與傷吟掉滿地／我卻聽見霧中枝頭翠玉輕敲」，也是如此；〈荒池落月〉中的「山泉停止噴湧了／赫見一輪銀圓擱淺」，寫景也寫自身病殘，更是如此。他如〈來途若夢行〉詩：「兩棵樹，在暮色中／爭辯：落葉的歸處／唯鐘聲，來去隨風／梭飛在枝枒間／將牢騷的晚蟬紡成／微涼秋囈」；〈三行〉：「天，空著／就為了讓幾蕊／雲朵　划過」；〈春水春樹〉：「晴空一聲霹靂，／小湖慌亂地洗出晚春的殘影。／風平日落，水天繼續互丟星子。」等短詩佳句，都有借景訴情、以情寫景的妙用。

林彧寫親情之詩，在這本詩集中有具分量，除了給兒女的詩，最動人的是寫給母親、追思母親之作。本書第二首〈一袋春光〉寫母親去世之後的追懷之情，在明亮的語言中，透過陰暗「屋角」和煦暖「餘暉」的對照，寫出對母親的思慕和感念，結句「寒冷時／就抖開吧，曬曬也好」，用日常語，真摯、深刻地寫出對亡母恩澤的感念：

年少，要去旅行的早晨
母親摘了一把青翠的陽光
小心叮嚀：春天薄過蛋殼
我沿途揮灑，多汁的
歲月，晶閃的是，淚珠

八十八歲，母親最後一趟旅行

她走了，我寂寞。在陰暗的
屋角，仍窩藏著
一袋餘暉。說是，寒冷時
就抖開吧，曬曬也好

相對的，〈昨日餘溫〉寫整理母親遺物的心情，起首「舊電話線能垂釣／昔日的回音嗎」，寫天人永隔的憾恨，接著寫整理母親出嫁時帶來的嫁奩〈餵飽我童年夢想的菜櫥桌〉時，「傾巢而出」的「童年往事」，收束於結句「跳蚤般，狂喜，隨處騰躍」，更是以魔幻筆法，帶出了喜中含悲的思母之情。〈午寐〉以諧趣筆法寫「老貓」和「老媽」在暖烘烘的夏午打盹的畫面，「小夢，讓她們自由如浮雲」是神來之筆。另一首〈驚蟄之手〉則聚焦於重病出院後的母親的腫脹的手，帶入母親的生命史，結於「這隻手，抓過黃昏裡的枝頭蜻蜓，／也在驚蟄之日，擦拭著欣喜的淚珠。」映現青春與老病於母親之手，淡出淡入，鮮明動人。

三

除了山水詩與親情詩之外，世情詩和疾病詩在本詩集中也佔有相當份量。世情冷暖，人間百態，原是文學家必得面對的題材，小說似乎較易處理，詩則不易為之，林彧早在一九八〇年代就以都市生活入詩，處理世情詩自是游刃有餘，尤其年過半百之後，人生百態看盡，事情冷暖遍嘗，寫來更是入木三分。這類詩中，〈霧台〉寫人間世的你爭我奪、你友我敵，終究要體會「我們快離開，別人要上台」的道理；〈不留〉寫銅像，前段寫：「銅像的悲哀在於／只能飽受風霜，以及／鴿糞，三不五時扔拋來的／油漆，唾沫，口號——／榮耀和羞辱塑造在一起」，後段對照：「我要是銅像，寧可／被銷熔了，被鑄成千把／湯匙，攪摻著麥片與牛奶／每天和無邪而飢餓的嘴唇／親吻：嗯，好喝」，是非對錯，就如鏡子一樣映照出來，用的是乾淨俐落的諷喻之筆。

〈我們，這樣〉更是直截了當，點出人世間的虛與委蛇、敵友不分、虛情假意、文飾務虛和爭強好辯：

我們這個年頭
招呼太多，真心的問候卻少了

我們刪除的都是
朋友，又一直引進仇敵

我們不斷戀愛，除了增加名字
也未曾愛更濃，情更深

我們寫詩，修飾的語彙
艱深冗長，句子只是用來拚行數

我們熱中於激辯
以致忘了說些平順的人話

「說些平順的人話」，不僅止於人生世間的體悟，放到本詩集中，也指涉了林彧這本詩集的詩學態度吧。在〈霧會一場〉這首帶有諧謔趣味的詩中，他以「霧」、「誤」、「悟」三個同音異義字的諧擬，演繹出多義歧出的符號趣味，但同時又指向人生在世的三種常見語境：

霧的層次：
看到樹枝
看到遠影
看到嘆息

誤的趣味：
看得到的，很美
看不到的，很美
看不看，都很美

悟的程度：
說得出來，不算
說不出來，裝蒜
不說。不說。不說

這是老辣的日常語演練。面對自然界的「霧」，我們看到樹枝、遠影與嘆息，三種層次，看到了卻難以細說分明；於是而有「誤」會／讀，無論看不看得到，乃至看不看，都有「美」的感覺；至於是否真能從中得「悟」，「說得出來，不算」、「說不出來，裝蒜」，則還是「不說」為宜。看似語言遊戲的這首詩，是對世情的透徹了悟。人間所見，無非霧中看花，善未易明，理未易察，佛說「不能說」，此之謂也。

〈河堤上〉短短六行，卻是耐讀的詩。前段三行寫實境：「散步，畢竟不是流浪，／我們相遇在黃昏的河堤上，／也相忘於那天的夕陽。」後段三行則寫心境：「我沒詢問你的故鄉，／相逢，不就是你我交換著：／回家的方向？」頗有白居易〈琵琶行〉「同是天涯淪落人，相逢何必曾相識？」的蒼涼況味，但又翻轉語境，直指兩個陌生人是在交換「回家的方向」，殊途而同歸，更見理趣與新意。對照的是寫網路「肉搜」或「追蹤」的〈讓我們互相成為孤島〉：

別妄想我是
你的歸人。我的歸途
從來不會在 GPS 上呈現。

有時，我走偏了，
就在腦海上自動修正方位，
但地圖哪能跟得上我的腳步？
我不是歸人，更不是
你的人。你估狗吧！
我在雲端，鷹犬

追蹤不到我的悲喜。

讓我們回到陌生的初態：
你仍輝煌，我也萌呆，
都是過客，我們是
上帝腳下的塵埃。

詩中的「GPS」、「估狗」、「雲端」、「萌呆」，都是網路世界常用語，儘管網路是虛擬空間，同樣展演實體世界的愛恨喜悲，到頭來都終歸塵埃。他如〈沙盤推演春天〉寫春日之際臉書世界的花團錦簇，「哎呀呀！櫻花軍團狂翻臉書，／早已佔據了所有版圖。」則充滿喜感諧趣；〈不甩〉寫網路通訊的簡訊、LINE和留言現象：「不甩，是我的／劣根性，因為心虛，／就用忙碌塘塞已讀不回。」、「反正甩與用只差一條／貓尾巴，要不要翹高？」更是戲謔與諧趣相偕，讓人噴飯。

最後，來看林彧的疾病詩。二〇一六年詩人節（六月九日），林彧小中風，這場突如其來、未能預料的疾病，讓他的右手腳無力，影響了其後的行動和六十後半的人生。寫於七月九日病榻上的〈Slippers party〉，是用左手，「花了整個美麗的夏午，才在手機的小鍵盤上拼湊出這幾行」的：

凡是童話，就會在子夜後
幻滅。金履、銀履都成破鞋
然而，這是平民醫院
過了十二點，院落四牆不斷掉下：
撕～～力～～趴～～～
撕～～力～～趴～～～
撕～～力～～趴～～～

疾病，讓林彧必須面對美麗人生的幻滅性，「金履、銀履都成破鞋」，未來復健之路漫長的焦慮，通過「過了十二點，院落四牆不斷掉下：／撕～～力～～趴～～～／撕～～力～～趴～～～／撕～～力～～趴～～～」的噩夢與聲音，如實而殘酷地響起。這病中以尚未殘損的左手寫出的詩，在「撕ㄟㄟ力ㄟㄟ趴ㄟㄟㄟ」的擬聲和象形之間如此真切地寫出了中風患者的痛切和焦慮。

此後，漫長的復健過程中，林彧的詩和疾病逐步對話。寫於七月十七日的〈急雨〉以復健動作「單腳，提起。單腳，／放下。單腳，提起。／單腳，放下。」對應病房外夏日急雨打在屋頂上的雨聲、也對應「我的左手，／在鍵盤上，習飛。」的急切心情；次日以坐輪椅的經驗寫的〈飛輪〉，只有三行：「時光機器切割著。／歡樂只是那麼一小截，／憂愁的長短也相同。」開始以豁達面對疾病與災厄的心境，來面對時間（與人生歲月）的深沉課題。〈病中詩〉則寫出了疾病的折磨反覆和病房生活的苦痛輾轉，而不止於行動不便一端：

病人沒有小周末，沒有
大周末，沒有星期天
──病菌不放假

運送著結核體與桿絲
電梯不放假；散發冷顫和猩熱
冷氣機不放假

星星，月亮，不放假
拓展著無邊的
光明與黑暗，太陽
是顆不放假的病瘤

這首詩寫病房內病患的苦痛，病房終日運轉，病菌亦復如是，連電梯和冷氣機也跟著在病毒中運轉。首段就寫出了疾病（連同它所帶來的苦厄）「不放假」的真實情境。末段短短四行，筆鋒一轉，連同星星、月亮、太陽也都「不放假」，既隱喻病患病中「日子」難過，也轉喻天地不仁、歲月（時間）無情，在自然律「不休不息」的運作，生老病苦死都得承擔的體悟。這首詩，情境真切又具哲理，是疾病詩的佳構。

也正因為身受疾病的折磨，又能從中體悟病苦的蘊意，林彧寫於七月二十七日的〈嬰兒翻〉雖只短短四句，卻具備著生命翻轉的深層意義：

翻身後，我像剛滿月的
嬰兒，在復健床上無知地笑著
明明是逐漸撿回被盜的天賦
我卻有種收復失土的吋吋激動

以六句初老之身，得半身難遂之病，於病榻上翻身，卻若彌月之嬰「無知地笑著」，這言簡意賅的兩句，勾劃出病殘者的希望和喜悅。其情其景，不能不讓人鼻酸、動容。後兩句「明明是逐漸撿回被盜的天賦／我卻有種收復失土的吋吋激動」，則寫出逆境生機，以及患者要與人生搏鬥的意志和韌性。

林彧以「嬰兒翻」為此詩集命名，果然饒富深意啊！

四

身為林彧大哥，我讀這部詩集《嬰兒翻》，多有不忍。這本詩集，等如林彧的人生日記，寫的是他半百之後返鄉十年的歲月爪痕，更多的是他生命中的慘澹、病苦和災厄。我們一起失去了慈母，心神皆傷，而他則另受病痛與家變之折磨。這一年來，他獨居故鄉，只能以臉書閱讀他的日常，而詩，即是他的日常，這才我稍感安心。

一九八七年我生日當天，為林彧將出版的第三詩集《鹿之谷》熬夜寫序，肯定當年才三十一歲的他為「現代山水詩」開拓出的新疆土，期許他繼續播種翻耕，「為他所生長的土地，為他所來自的山水自然，作出更多更深刻的見證書來」。轉瞬三十年過去，我二度熬夜為林彧的第五詩集《嬰兒翻》寫序，卻是歲月無情，物是人非，兩人皆已老去。林彧的現代山水詩已從批判山水環境備受破壞，轉於以自身生命與自然山水相融的化境，這中間空白了三十年，都交給天地了。

反而是，我從未設想過、也未曾預料過的疾病詩，因為中風而出現在這本

《嬰兒翻》中。可喜的，是林彧能夠以詩回應上蒼施予他肉身與心靈的擊打，展現不為病苦所挫的旺盛生命力，以及面對疾病的豁達與智慧。這些疾病詩大概足以讓他，也讓其他病者生出「去病」動能，而得以和疾病相處，不再受其折磨吧。

林彧在詩集〈後記〉中自期，「要像赤子般，日益進步；要像赤子般，無知無邪。」這是告別「破折」人生的新日的開始，而詩正是他改寫人生的最佳本錢。祝願我的弟弟詩人林彧：從病苦中站起，在「破折」中翻身。

黃昏的赤松

回家的路上，我撥算鳥聲
每滴啁啾都在雕刻著你的寂靜

你伸出的枝枒正準備迎接
黑幕垂降，樹臂要拋扔星斗

轉入晚年的小徑，我知道
黃昏不昏，赤松赤心

2017.03.29

一袋春光

年少，要去旅行的早晨
母親摘了一把青翠的陽光
小心叮嚀：春天薄過蛋殼
我沿途揮灑，多汁的
歲月，晶閃的是，淚珠

八十八歲，母親最後一趟旅行
她走了，我寂寞。在陰暗的
屋角，仍窩藏著
一袋餘暉。說是，寒冷時

就抖開吧，曬曬也好

2017.03.23

春分

三月，適合耕種，繁殖，適合
旅行。我一腳輕風，一腳爛泥
在春天的後巷，踉踉蹌蹌

看清楚，我要過的日子
不是對仗工整、空有韻腳而已

2017.03.21

落葉商議

車票已經被訂好了
我們需要自己規劃行程嗎
清晨，我聽見構樹與楓香的交談

南風起，向北行
東風拂送，便選擇艷麗的夕陽
哪裡落腳，就在那裡成長

鄉愁若發了芽
滿山綠葉都奮臂吶喊

再把我們拋向更遙遠的地方

2017.03.17

春夜變奏

聽雨
僧廬下
鬢已星星也

聽，雨聲正在嘲訕著
僧廬下那隻瑟縮的山貓
鬢已濕，毛髮黏貼。阿喵陀佛
星星也忍不住掉入簷滴裡

2017.03.15

霧台 外一首

今天的憂喜不要
跟昨天的，比長，比短
一經遺忘，哪個該哭？該笑？

每天有應接不暇的臉孔
每天有愛不完的仇敵
在貯存前，他們早就消匿

霧走了，霧又來
我們快離開，別人要上台

2017.03.12

機關

在空山中與我
互聯的，是不斷線的鳥啼

在森林裡，想說話，吟詩
有溪聲回應，雨滴敲擊韻腳

想拍照？只要心眼打開
堪稱智慧，手機不游網海

2017.03.12

你醒來，就老去

睡吧，抱著你的青春
睡吧，睡進你永恆的美麗

花落之際
甜味黏著香氣

人在謝幕時
都會賴皮

別學星星，眨眼睛

你醒來，就老去

（昨天去山下，為老友的長女送行，一位二十九歲的女孩，躺在百合花叢中，遠離病痛的她，俏麗依舊，安詳的面容似乎仍在對我眨眼。今晨醒來，寫首詩再送她一程。稍等洗澡，吃早餐，餵藥，散步，上網，包裝茶葉，睡午覺……活著的人，一切仍得照行程安排。）

2017.03.09

留下 外一首

能留下的是什麼？
燃燒後的餘暉
由於歌詠過四季
腳下燦爛的
落葉是你襟上的勳章

想留下：聲音或文字？
當時光振翼
而去，你留下的
嘆息，輕於紅嬰初啼

2017.03 03

不留

銅像的悲哀在於
只能飽受風霜，以及
鴿糞，三不五時扔拋來的
油漆，唾沫，口號——
榮耀和羞辱塑造在一起

我要是銅像，寧可
被銷熔了，被鑄成千把
湯匙，攪摻著麥片與牛奶
每天和無邪而飢餓的嘴唇

親吻：嗯，好喝

2017.03.03

春窗朦朧

風景是誰的
誰就去認養吧
抽流在窗外的白紗
層層綑紮著快窒息的路燈
風光是誰的
誰就去佔有吧
春霧撒下迷網，罩住花甲的

我，正好隨著未知
去神遊

2017.12.26

驚蟄之前

我是滿腮鬍渣的
男人，憂喜不在乎
刮與不刮

我是單飛的
翅膀，拍不拍浪
沒人管得著，我

上摶九萬丈

2017.02.21

春枝

懶人寫詩只需三行
春日，落櫻與傷吟掉滿地
我卻聽見霧中枝頭翠玉輕敲

（對於自甘懶惰的人而言，天冷真是個迴避復健的好藉口。今天氣溫回升，筋肉舒展，沒理由躲在屋中，我終於外出賞春了，雖然屋後櫻花已經掉光光，但看那些綠葉，讓我更覺清爽啊！）

2017.02.16

我們，這樣

我們這個年頭
招呼太多，真心的問候卻少了

我們刪除的都是
朋友，又一直引進仇敵

我們不斷戀愛，除了增加名字
也未曾愛更濃，情更深

我們寫詩，修飾的語彙

艱深冗長，句子只是用來扸行數
我們熱中於激辯
以致忘了說些平順的人話

2017.02.09

梨山春立

立春之日
我是誤闖武陵的
閒人，在桃花源之外

我想站成
那兩棵老松，護衛著
紅櫻樹下，寂靜的喧嘩

2017.02.05

注：

「寂靜的喧嘩」脫自電影《過於寂靜的喧囂》。

合歡春臨

入暮，萬山縱放出
黯綠巨鯨，洄游，蒼茫之間
平靜無爭的雲海，因而
翻浪，此岸，彼岸

五港泉匯流，五路人馬登山
合歡的高點，三千公尺的岩上
只聽見雲彩潑墨揮毫之聲
蕭蕭，天風在此落款

2017.02.05

注：

1 梨山之行，蒙詩人蕭蕭大哥賜贈最新出版的詩集《天風落款的地方》，遂以書名入詩感念之。

2 五港泉為日治之前的合歡山閩南語地名。

3 岩上乃詩人嚴振興大哥的筆名，其人即之也溫，其詩冷中帶熱。（認識快四十年，我一直以為他只有六十多，其實已經八十了。）

武陵春望

青天太高了，春神下令：
櫻花向上攀爬。每張小臉都紅通通。
幸福很遙遠，我吩咐東風：
四散追索。枝頭綠芽搶當斥候。

2017.02.05

初二黃昏

兒女北返，卻塞車
在向晚的竹山交流道上
同行，而且有個溫暖的歸處
等著。在漫長的旅途中
姊弟有夢共通

你，我，同車的過客啊
在嘈雜的地球，各懷方向
互射對方冰刺的芒光

我們塞在交流
道上，日漸昏黃

2017.01.29

調戲金雞

蘋果有蘋果的頻率
橘子有橘子的格局
綠棗會滾動，是你手拙
山芹自在呼吸，你卻掩鼻
切了吧，剁了吧；咬下去，吞下去
祝君平安，願君吉利
瓦上後院，雞群不要亂亂啼
何必緊張兮兮？過個年而已

2017.01.26

近來

近來
常坐窗旁，攪弄舊照與舊稿
山鳥叼來松痕日影
野霧攏走行人

有幾個朋友離開了
嬰兒正呱呱墜地
太陽下山，星星就眨眼
地球在轉動著
苦惱與歡樂輪流敲門

寫詩的人偶而也會拋下枯筆
如果我的前廳是空的
我去看櫻樹萌芽，請你不要
進來

2017.01.16

日出習詩

想把文句操練出
六塊肌，外加兩條人魚線

你在經典裡捲腹，橫向，側向
勤赴別人的場子，仰臥
起坐，他的春花，他的秋月

但是我只想探測你
淚水的溫度而已
在詩的國度裡

鋼鐵腹肌與速食店的
八塊雞，一樣，令人嘴角痠麻

何不回到熟悉的水域
淺淺的渦紋，緩緩地流轉
就算誤讀，也是霧中擊浪
字，安分地躺在自己的格子
想像，才開始展翅

2016.12.26

霧會一場

霧的層次：
看到樹枝
看到遠影
看到嘆息

誤的趣味：
看得到的，很美
看不到的，很美
看不看，都很美

悟的程度：
說得出來，不算
說不出來，裝蒜
不說。不說。不說

（早睡早醒，顛撲不破的定律？其實是冷醒了，趕忙把電暖爐打開，拍一下戶外的霧景，然後，我又要去分期付款似的睡覺了。）

2016.12.17

多柿之秋

半生不熟味道濃
唯有它，必須拌著夕陽嚼食
只剩慚顏羞色，再無火氣
回味起來就沒了苦澀

六十歲，這個花甲
端午，失去健康
中秋，失去母親
十月，失去婚姻

來到黃昏的柿子林
逐顆撿拾失血的
地球。缺憾這麼多
卻更接近圓滿的境地了

（復健來到了撞牆期，整整十天，右手臂痠麻異常，無從使力，更難以執筆。每天只能挑一件最不費力的小事做做，除了看看臉書的國小回憶錄，再無心思耕耘自己的版圖。今天獲贈一顆紅柿，咬食之前，就來寫首詩吧！）

2016.12.10

昨日餘溫

舊電話線能垂釣
昔日的回音嗎

曬著冬陽，整理母親
遺物，六十多年前她的嫁奩
餵飽我夢想的菜櫥桌

童年往事，傾巢而出
跳蚤般，狂喜，隨處騰躍

2016.11.25

荒池落月

山泉停止噴湧了
赫見一輪銀圓擱淺

在夢的邊境
有條蜿蜒的小路
可以探尋永恆的花園吧

我沒發問，松果
別急著搶答

（昨晚送客後，已是深夜十一點，外出小散步，在小溪邊，遇到了這顆超大月亮在水裡洗澡，拍照後立刻回家寫詩。今早醒來，卻遍尋不著昨晚的手稿，只好重寫另首誌之。）

2016.11.14

那年，在綠島港口

一葉木舟如何
將滿天星斗
偷渡出境？

一個人，就不必
把千古憂愁的
酒罈，仰飲而盡

歲月領著我出帆

而我從未曾想過回航

2016.11.12

冬悟

誰在與你交談
霧中，旅人的跫音？
落葉撥弄的雨珠？

離開的是
不宜存留的嘆息
當你再出發
雨刷並不會交出方向

2016.11.04

秋夜小立

秋
分之後，涼意自腳底
竄升，寒露在眼角下魚貫
高海拔的山上，野草莓
爬坡蹣跚。抱歉啊
憂傷，總是來得遲緩
垂淚，都在夜半

（家母已經羽化，安眠於凍頂山下的番薯崙。晚餐後，睏於沙發，原以為可以一覺到天亮，卻又子夜醒來，寫首詩，暗紫秋霧正在赤松林間，徘徊。）

2016.09.25

來途若夢行

兩棵樹，在暮色中
爭辯：落葉的歸處

唯鐘聲，來去隨風
梭飛在枝枒間
將牢騷的晚蟬紡成
微涼秋囈

（來途若夢行，唐人錢起詩句。昨晚回想年少所背誦過的詩文，就這句久烙難忘，今日無事，誦詩自療。）

2016.09.11

做夢

再揮一筆，米芾的
癲狂之名將落在我頭上
起錨吧！世界每個港口
都停泊著我的愛情
手傷腳殘之後，我的
夢，總是吊掛著滾燙的水滴

（藥效發作，起床喝瓶木耳汁，順便把狂夢記下來，反正再也無法成真，
說來笑笑也無妨。）

2016 08.20

肢體叛逃

我回家了。右手右腳呢
他們擱淺在玄關外
糾纏晚雲，勾結新月
遲遲不按下快門

今天七夕，他們說
要革命，就趁今宵
填平銀河，拆掉鵲橋
掉淚，是天空的事
感傷乃笨者所為

既然肢體叛逃中
安靜地吃完酢醬麵
飽食之後，詩神就不會附身了
（提早出院回木柵家，女兒下班前電話問我：晚上想吃何物？酢醬麵！
我脫口而出。思念了快兩個月啊！酢醬麵。）

2016.08.09

三行

天，空著
就為了讓幾蕊
雲朵　划過

（從林口長庚轉住萬芳醫院病房第二天，我望著熟悉的仙跡岩，白雲流過，蒼天悠悠，人間何須掛閒愁？寫個三行詩，復健去！）

2016.08.02

復健兩首

練站

從輪椅中，巍然
獨立：病房陳設倏忽矮化
是的，身為拿破輪族
我有種睥睨天下的本領

嬰兒翻

翻身後，我像剛滿月的
嬰兒，在復健床上無知地笑著
明明是逐漸撿回被盜的天賦
我卻有種收復失土的吋吋激動

2016.07.27

病中詩

病人沒有小周末，沒有
大周末，沒有星期天
——病菌不放假
運送著結核體與桿絲
電梯不放假；散發冷顫和猩熱
冷氣機不放假

星星，月亮，不放假
拓展著無邊的
光明與黑暗，太陽

是顆不放假的病瘤

2016.07.22

飛輪

時光機器切割著。
歡樂只是那麼一小截，
憂愁的長短也相同。

（坐輪椅的日子，已經二十五天了。今天的狀況：右手可以拿起眼鏡了！
繼續復健去。）

2016.07.18

急雨

單腳，提起。單腳，
放下。單腳，提起。
單腳，放下。夏日急躁的
雨滴，在窗外的屋頂上，
雀躍。我的左手，
在鍵盤上，習飛。

（送走訪客，迎來甘霖。在雨中的病房內，安心練習站立。夏日黃昏，安然，善哉。）

2016.07.17

Slippers party

凡是童話，就會在子夜後
幻滅。金履、銀履都成破鞋

然而，這是平民醫院
過了十二點，院落四牆不斷掉下：
撕～～力～～趴～～～
撕～～力～～趴～～～
撕～～力～～趴～～～

（這是中風住院兩星期的第二首詩。左手打字員是個非常笨拙的初老者，
他花了整個美麗的夏午，才在手機的小鍵盤上拼湊出這幾行。）

2016.07.09

來旺打鐵店

童年，是我的反對黨。
他們始終和我的現況對抗，
有時，在昭和草叢中竄出游擊部隊，
逼使我放下忙碌，去攀爬
永遠溫柔的凍頂山。

不甩任何議事規則，
反對黨隨時隨地通過法案：
記憶的高度，不得超過檳榔樹；
夢境，不許搭建高速鐵路；

只讓蜘蛛結網，小孩不能上網。
童年不斷造反，卻不將我推翻，
他們一鍾一鍾敲擊著，我
在火花中，成形：銳利的鋼刀。
跨過衰疲的糯米橋，
我是無法下台的執政黨。

2016.06.17

夏雨天

點點滴滴，落在旅人的
傘頂，涼夏花開
鳥啼聲穿梭於
水柱之間。詩意或濕意
敲問著我的關節

下雨是窗外的事
決定陰晴的
人，在翻撕日曆

2016.06.11

夏午疾雨

搭。搭搭。答答答答答。搭搭。答答答。鏗↓
答答答。答答答。答答答答答。答答答。鏘↑
搭搭。搭搭。答答答。鏗↓
搭。搭。搭。搭。搭。鏘↑
搭。搭搭。答答答答答。搭搭。答答答。鏗↓
答答答。答答答。答答答答答。答答答。鏘↑

我和女兒的小貓退守到頂樓的
窗口。這世界一片荒蕪，
荒蕪得未免太可愛——

什麼年代了，還有人洶狂地在屋瓦上
敲擊打字機，企圖寫出壯闊的史詩？

2016.06.07

午寐

老貓的食物，在鐵籠裡；
牠不喜歡被圈養，終日盯著大門。
為了飽腹，老貓
三番兩次，主動進籠
嚼食日子。

老媽走過漫長的
路，老來被輪椅規範著，
她坐挺，安車當步。
電視機拉開多彩的視窗，

舞著遙控器，她與世界交談。

而在暖烘烘的夏午，
她們的眼球頻頻短暫關機，
那些片斷、片斷的
小夢，讓她們自由如浮雲。

2016.05.28

風，一直吹

風，一直吹。我
沿途撒播種籽，
有一天，森林、果園
會用花香引我回家。

風一直吹，一直吹。
我拐個彎，在風景裡
休憩，汗珠從馬路

汩汩湧出，我點收半年來的
詩句。

2016.05.26

INK PUBLISHING

讀者服務卡

您買的書是：____________________

生日：　　年　　月　　日

學歷：□國中　□高中　□大專　□研究所（含以上）

職業：□學生　□軍警公教　□服務業

□工　□商　□大衆傳播

□SOHO族　□學生　□其他 ____________

購書方式：□門市 ______ 書店 □網路書店 □親友贈送 □其他 ______

購書原因：□題材吸引　□價格實在　□力挺作者　□設計新穎

□就愛印刻　□其他 ____________（可複選）

購買日期：______年______月______日

你從哪裡得知本書：□書店　□報紙　□雜誌　□網路　□親友介紹

□DM傳單　□廣播　□電視　□其他

你對本書的評價：（請填代號　1.非常滿意　2.滿意　3.普通　4.不滿意）

書名______ 內容______封面設計______版面設計______

讀完本書後您覺得：

1.□非常喜歡　2.□喜歡　3.□普通　4.□不喜歡　5.□非常不喜歡

您對於本書建議：

感謝您的惠顧，為了提供更好的服務，請填妥各欄資料，將讀者服務卡直接寄回或傳真本社，我們將隨時提供最新的出版、活動等相關訊息。

讀者服務專線：（02）2228-1626　讀者傳真專線：（02）2228-1598

廣	告	回	信
板橋郵局登記證			
板橋廣字第83號			
免	貼	郵	票

舒讀網「碼」上看

235-53
新北市中和區建一路249號8樓

印刻文學生活雜誌出版有限公司　收

讀者服務部

姓名：＿＿＿＿＿＿＿＿　性別：□男　□女

郵遞區號：＿＿＿＿＿＿＿＿

地址：＿＿＿＿＿＿＿＿

電話：（日）＿＿＿＿＿＿＿＿（夜）＿＿＿＿＿＿＿＿

傳真：＿＿＿＿＿＿＿＿

e-mail：＿＿＿＿＿＿＿＿

INK

躲雨

夏天的雨，要掉落
在哪裡？泛白的瀝青？
算了吧！南來北往，路已衰疲。

夏天的風，吹往何處？
我坦開胸膛，在這裡：
一顆火熱的心，不怕被吹熄。

夏天的我，該躲在哪裡？
有涼蔭如詩的樹底，

它不是羊蹄，是：菩提。

（昨午，在台中火車站前等車回溪頭，突然狂風驟起，大雨傾盆，貓貓狗狗踐踩大地。回溪頭後，吃過兩片牛排就睡著了。沙發上醒來，竟然看到我的電視機——有畫面啦！又省了一筆開銷，寫詩慶祝。）

2016.05.24

相機

拍照可以校正心眼。
拿著傻瓜相機，我瞧見：
更多等待顯影的風景。

我寫詩，用最儉省的
字句，開了小小小的視窗，
好讓世界來窺探——
幽暗的盡處，有人不斷蠢動。

2016.05.20

夏，夜拍

雨停，月出。

詩魂醒來，推門遊蕩，
他的計步器，是繁星般的
水珠，一顆一顆撥數下去……

天明，艷陽會來收拾：
誰的愁思走得比較遠？

2016.05.18

河堤上

散步，畢竟不是流浪，
我們相遇在黃昏的河堤上，
也相忘於那天的夕陽。

我沒詢問你的故鄉，
相逢，不就是你我交換著：
回家的方向？

2016.05.11

貓。夢

她的瞳孔，令我暈眩，
蒸騰，勝過亮晃晃的艷陽。

南國正午，人類的
白日夢，貓兒不屑一顧。

2016.05.10

突然，斷電

只好在黑暗中寫字，
順著筆尖，一路探索，
邊扭，邊轉，泥鰍踢正步？
字與字，糾結著，並開罵：
滾開啦！
你這腦滿腸肥的毛線球；
滾開啦！
你是殘障的魚刺文。
電來，燈亮，才發現：
摸黑寫字，思緒更清明。

（烘茶到一半，突然斷電。所以瞌睡有理，電來，人也醒來，寫了幾個字，還不賴。睡覺去。）

2016.04.22

初夏，雪碧

我的烘焙房，地下室
正在氤氳著春茶
而這是初夏的山中午後
我憑著嗅覺的記憶
定時調整烘焙機的溫度
驕陽探步入窗：
渴了？就試茶吧
什麼話！香氣還沒來到人間味
輕浮未去之前，我只喝
雪碧

（今年春茶晚採，我的烘焙工作也就延後了。烘焙是件需要放鬆卻又很嚴肅的事：五感（視聽嗅飲觸）要平靜寬緩，心，要凝注。每每烘焙一批後，我就覺得像是寫完一篇論文，需要另外寫首小詩沖淡情緒。至於我為什麼喝雪碧？因為「初夏＋雪碧」感覺很涼爽啊！）

2016.04.21

懸著

杯子懸著。
喝過甘泉，我知道：
它的容量。

日子，懸著。
在時間的穿堂，風
自來自去；我耐心等待。

人，懸著。
然後，他就死掉了。

2016.04.18

讓我們互相成為孤島

別妄想我是
你的歸人。我的歸途
從來不會在 GPS 上呈現。

有時，我走偏了，
就在腦海上自動修正方位，
但地圖哪能跟得上我的腳步？

我不是歸人，更不是
你的人。你估狗吧！

我在雲端，鷹犬
追蹤不到我的悲喜。

讓我們回到陌生的初態：
你仍輝煌，我也萌呆，
都是過客，我們是
上帝腳下的塵埃。

2016.04.14

散步時何必寫詩

寫字是手在散步，
走路是腳在印證詩句。

寫得慌慌張張，心在逃亡的途中，
走得踉踉蹌蹌，這詩免讀。

當我寫完字，散步歸來，就點燈，
而後喝起酒，你我朦朧如詩。

2016.04.09

觀瀑小半天

調戲楊子澗

面對流逝，你我無言。

他手持相機，伺機按下
快門，捕捉到的是：
滔滔不絕的長澗？還是
千百年來始終沉默的巨岩？
一匹白練，詩人凝視半天。

而在水牆下，
攫取畫面的必也是
濕人。無誤。

（連辦了兩夜三天的《小半天訪春》活動結束，昨天黃昏回到家，門也沒關，就在沙發上渡孤到深夜兩點醒來，整理照片，覺得楊子澗觀瀑這張照片真有意思，就配首詩做為臉書的封面故事。）

2016.03.30

春雨車站

遊客搭著末班車
離去，我坐在末班車，歸來。

來去之間，燈光交織，
車站熄燈前，景象突顯輝煌，
搖晃的影子，龐大，但是寂寞。

春雨的銀白睫毛
在夜的黑眸前，
開闔刷動。

2016.03.11

春天的黃昏

當夕陽轉換成
綠燈，我就可以
唱歌回家

紅塵留給山下的
工程車，我的心不用
多餘的建設

2016.03.07

驚蟄地動

一陣巨扯，牛角戳破我的夢網，
慌張，下樓，來到櫻花樹旁，
原先還矜持的花苞紛紛探頭出來相詢：
台南還好吧？南投沒事吧？
萬戶燈火驟亮，又熄了。

131 . 驚蟄地動

驚蟄的深夜，地牛打呼；
女兒花容失色，櫻花
全開，紅著臉為台灣打氣。

2016.03.06

沙盤推演春天

春天得令，演習發動！
派出酢漿花渡河攻擊；
調遣桃李尖兵搶攻山巔，
桂花以甜香掃蕩晦氣，
火焰樹丟擲手榴彈摧毀殘凍。

清晨、黃昏，雨珠傘兵降落灘頭；
銀杏、楓槭等黃紅部隊留守後山，
堅守碉堡，提防冷鋒回襲。

至於第四軍種，網軍呢？
哎呀呀！櫻花軍團狂翻臉書，
早已佔據了所有的版圖。

2016.03.04

不甩

不甩是很好的
態度，春天不甩殘霧，
紅花兀自在模糊中綻開。

不甩，是我的
劣根性，因為心虛，
就用忙碌塘塞已讀不回。

反正甩與用只差一條
貓尾巴，要不要翹高？

135 . 不甩

（簡訊，已讀不回；LINE，不讀更不回；留言，來不及回。不是我不甩人，實在是：我的尾巴收不回來，一直甩。）

2015.02.22

櫻花道

我想對櫻花說兩句話：
自在地綻放，開心地墜落，
別理會樹下那群
顧著喝茶擺姿勢的男女。

2016.02.21

冬之壺

我的水壺從來沒好看過，
銹垢，茶漬，渾身沒一處幽雅——
沖泡出的咖啡卻如此芳醇甘美。

我的思想也不曾純潔過，
只要碰上紙筆，偶而
也能磨出兩句光亮的詩。

2016.01.31

夕霧。暗雨

黃昏的森林，黑暗在凝凍，
乳霧來了，而我
早看到出路。

擔心我在山中獨噬
寂靜？入夜後，
冬雨不斷拋扔手榴彈。

2016.01.08

小寒之夜

笑一笑吧，
沒有什麼是離不開的，
火車馱著鄉愁向前行，
鐵軌還是緊貼著老實的大地。

笑一笑吧，
悲喜是時張時闔的摺扇，
淚痕只能短暫停留臉龐，
明天的太陽從眼簾後升起。

笑一笑吧，
小寒之後是大寒，
愛與不愛，恨或不恨，
後院的梨花依然吐馨。

2016.01.07

元旦夜之秋刀

何必太過輝煌？
我守在角落，依偎著一壺
清酒。清醒看世界。

深冬秋刀滑過喉頭，
盤據味蕾的是：
魚肚那段油肥的
苦，而後甘。

呼嘯而過，拜票的車隊，

他們的辛苦，我知；
我的酸苦，他們不懂——
酒，走味了。我要冰的！

2016.01.05

二〇一五末日

冬天應該長成什麼樣子？
草要衰？葉要枯？
你不來看我，就凍結一條路？

冬天應該長成什麼樣子？
天空不妨藍到有大海的深度，
眾鳥四散飛，枝葉堅守著翠綠。

對幹吧！兄弟，
瑟縮，可不是個好態度。

2015.12.31

撕日子

過日子，就要記得
撕日曆。為免歲月留下
空白，我在日曆背後
寫詩，好讓將來的
回憶增加重量

2015.12.30

然後

我不停地
寫詩，春蠶一般
吐絲，心思細細抽撒
然後，結繭
新絲包攏舊絲
誰也別想看到往日

然後，雲海一般
若無其事地遮掩掉紅塵

2015.12.22

花壺寫真

我和收藏四十年的花壺
對坐，調整著時光與記憶。

華麗的浮影瞬間消匿，
心事不曾輕易傾吐，
甘苦也都存放在腹肚。

風波？就隨著那幾個大人的
口沫去，橫飛。

（出貨完畢，泡壺剛烘好的蜜香貴妃茶，獨飲下午暖陽，窗外鳥聲，在松下草叢，交織串流。）

2015.12.14

晨起，有霧

其實，從來沒人能擾我的
清夢。掀被，妄像就中斷了。

其實，我從來不浪費時間
做夢。活著，誰曾清醒過？

模糊的就推給濃霧；了然的，
其實，無誤。

2015.12.14

晚安

晚安，願你的夜寐與記憶的長軌
脫鉤。睡去，平靜地睡去。

晚安，花開花落不用辯論，
你我何須在石牆下糾葛？

晚安，花唇翩翩墜落，
願你：夢境與真實人生吻合。

2015.12.10

故鄉的黃昏

我的故鄉，收容
太多異鄉人的鄉愁。

每當我想要騰雲飛翔，
就覺得：翅膀太過沉重。

旅人啊！回去你的故鄉，
鄉愁應該結實在自己的土地上。

2015.11.31

冬暮

夕陽要下山了，
差遣幾綹光影來道別。
鬧鐘沒電了，記憶擱淺
在某個夏天的清晨。

2015.11.28

銀杏林裡的櫻花

花，開到盡頭就謝了，
詩，寫到順心處不用再提筆。
葉落，是銀杏想訴說故事；
我拍照，寫詩，
而詩想與早綻的櫻花無干。

2015.11.28

偷月人

我已經察覺是誰擅闖禁地。
他沿著欄柵探步，踢亂松痕；
他鑽進陡斜的小徑，因此吵醒
酣夢中的溪水。

我檢視遭竊後的現場：
夜來香被猛烈搖晃，正在喘息；
柳杉的針葉豎起尖刃待命。

半推的柴門外，

一灘月光嘲弄著我：
是你的心，被掏光光。

2015.11.23

六十自勉

組裝的文字湊不成詩句，
華麗的嘆息也無法釀出詩意。
該去曬太陽就健康地微笑，
別在陰天的屋簷下，寫出令人皺眉的論文。
人生是這麼多舛，而且短促，
話多惹禍，文長招譏。
如果你自認寫的只是無傷大雅的短詩，
睡神來訪，也請乖乖上床。

2015.11.19

山色

是的，冬天了，
該冷凍的就不要蠢動。

一切有為法，
都交給康有為支使。

你我貧窘依舊，歲數不斷增加，
不如晨起爬山去。

2015.11.13

短詩

詩，愈寫愈短，
是為了抵抗
不斷膨脹的噪音。

磨利，磨尖，我的文字，
一刺，戳破謊言。

2015.11.12

深秋

說落葉是風的腳印，
落足何處？
讓風去決定。

當我行經銀杏林，
整個秋天都不是我所能掌握，
風，你愛往哪吹就往哪吹——
我的腳，我的心，歸我管。

2015.11.08

那麼

那麼。（像經咒，又像戀歌。）
那麼。（語氣有些哀求，還帶哽咽。）
那麼。（是開口無義詞，也是語尾助詞。）
那麼。那麼。那麼。（其實是一長串的密碼。）
祝君平安，一夜好眠，那麼
愉悅。恬靜。無愁。（那麼蜜絲佛陀。）

2015 10.27

小爬山

一度以為走到盡頭，
鳥聲急催下，
山巒又吐出一截荒徑來。
登頂，夕陽點燭召喚：
該下坡了。

2015.10.27

秋悟

他們或許是
深秋濃霧中最早的訪客。

走進濕濕軟軟的世界，
問我：
你怎麼走出迷惑的森林？

是的，黎明前的散步，罪愆遠離，
清醒的，都不歸噩夢管轄。

2015.10.25

深夜撐竿

直挺著，直挺著的是：
我的筆，我的腰，我的腿。
深夜撐竿，不在操場，
獎盃或花環退還給白晝。

在繁華凋盡的黑夜，緊握一竿，
起跑，拄推，縱身，騰躍，
全在無人瞧見的白紙上，
從時鐘的最高點到最低處，
飄飄，落——

正好踩上太陽畫出的第一道金線。

一筆猶似一竿，一撐，
何止一夜？這一躍啊，
便耗去十度春秋；
一度又一度將標線推高，
何時才將自己推向千秋？
你問我：
想在燙金簿上獨撐最輝煌的一頁？
不！寧可成為跳蚤，
即使不拿撐竿，
也無須任何撐腰，
使
勁
彈

腿

，

一跳——

不高，卻將自我的極限超越了。

1986.05《藍星詩刊 8》

2015.10.22 重錄於臉書

黃昏樹

我是一棵不為所動的樹。
落葉是我的扁鞋，
風跑多遠，足跡就烙印多遠。

當風搖累了，雲也凝結，
你拾跡來尋，在山巔或溪邊，
我們交談，綠芽就是我的語言。

2015.10.18

秋堤剪影

在河堤上漫步的
你，該回家了。

若無處可去，
請來我的詩句裡
休憩。

你我俱是

壯麗山河未歸人啊。

2015.10.11

落葉於我，無傷

西風要挑選哪雙鞋子，
到廣場去踢正步？或跳舞？
你會披掛何種顏色去旅行？
黃紅橙赭褐，各有各的心情。

我穿過林中小徑，
一下午，就踩遍了四季。
感時，與落葉無關；
落葉於我，無傷，

對這世間，只剩讚賞。

2015.10.05

秋衣

以秋光洗滌，物件
含香，纖維舒爽。

秋日，宜浣衣，宜曝，宜晾；
順便把皺縮的歲月，
攬一攬，拉拉扯扯，上竿。

秋風碎步跑過，
中年心事鬣鬣作響。

2015.09.30

雨後

誰說葉梢是雨珠的
斷頭台？它們耐心排隊，
就等著縱身一躍——

哇！我愛高空彈跳。

2015.08.24

日落

在日落之前，
所有的路燈都不想
睜眼。他們知道：
白日即將閉目。

指點明路？
那是天黑以後的事。

2015.08.14

靈魂不舒服

曾經我也是高中生

不是拿來不求人的竹耙
就可以鎮壓脊背不斷的悶癢。
抓吧，耙吧，搔吧，
搔不到癢處，就成了永恆的痛。
皮膚上的動作，總是徒勞無功，
是我皮下的靈魂不安地在蠕動。
我蠢動的青春，
你用塑膠束帶綑綁？

不舒服，真的不是膚淺的事，
靈魂在革命，有誰看得出？

2015.08.04

離開

我的名字叫做：
離開。

在疏離的廣場上，
沒有人會留下來，
大家的方向都是：
離開。

離開，你的座位：
離開，你的記憶；

離開，你的愛恨。
無關那種榮辱，
你都得離開。

不必悲喜，
這臃腫的歷史，
你只能割食你喜歡的那段。

天黑了，車班停駛，
離開的就回不來。

2015.08.02

七彩茉莉

努力瞄準著，
灰牆前的七彩茉莉。
有風拂掠，花影
撩亂，畫面失焦。

心動了，你的容顏
因此模糊起來。

2015.07.15

勉力而為

單槓，翻不上去就算了；
馬拉松，碰到撞牆便停下來；
交談，一遇語言擱淺，自己封口。

不要交鋒，無須壁壘分明，
舌頭的事交給嘴唇處理。
回到你安眠的夢床，
不用考慮平平仄仄或韻腳，
人生不必像寫詩那般坎坷。

勉力而為，
互傷眼力與精神
而已。

2015.07.14

行經豬舍

在闃闇的豬圈裡，
此起彼落，齁齁之聲，
閃爍著，數蕊乞憐的微星。

不要妄想：
劊子手會帶來光明。
就算他提燈前來，
也是為了確認你的頷頸。

2015.07.04

注：豬之為物，聰明，偽善，貪圖眼前利，認食為主。

掃描

我的掃描機器故障了。
掃過風景，精緻的竹林裡，飄出霧白。
（那真的不是白霧，是白斑。）
掃過童年，湮黃的記憶上，多出粉白。
（那真的不是白粉，是塵垢。）
加工的風景不封井；（不，風景。連我的鍵盤都不配合了。）
失真的童年是失貞，（唉，失真。一再選錯文字，我的指尖。）
我的鍵盤與十指也都該更新。
掃描器的白癬佈滿在玻璃覆面下，我無法擦拭。
（就像眼瘴，光揉揉眼皮是無濟於事的。）

掃描功能都還可運作，鐳光刷動，也有雷聲，
那就放棄影像，我來掃描粗糙的文稿，
翳影，垢痕，都不會影響到我的文字了。
是的，既然無法忍受有殘紋的影像，
就來閱讀直指心像的文字吧。

2015.06.18

傻蝸

風風雨雨都過了，
曬曬薄盔，也可。

速度，比詩人下筆慢一步；
方向，趕路者怎能臆測？
觸角伸出，天線自己掌握，
爭辯、機鋒，紛紛摔落。

指向朽木，爬上頹牆，
三鼇征途勝過萬里江山。

斷斷續續，涎跡，留給星光，
當做夜行指南。

2015.06.16

在朦朧的旅程中

夜行列車的玻璃窗上，
浮映著一朵朵衰疲的臉龐。

青春何往？記憶令人難堪，
過了這站，還有層出的迷惘：
就算是小事，怎好遺忘？

下車吧！尷尬的旅人，
桃花世界不曾欠你
一個吻。

2015.06.15

拾階

貓的足跡，未曾留下。
軟軟日照裡，細節被我放入，
野草也因此有種隱喻，
心思卻如蛇竄爬。

或者，就在坡腳等待，
時間逐級蹦跳下來。

2015.06.09

逃逸

晴天，你躲避著太陽；
落雨，你閃到塑膠棚下；
遇見應酬，你躲閃酒杯的碰撞。

我們都在陶藝？
不，你從你的長笛課逃離，
甚至安全的斑馬線都不願遵守。

而我，自小抗拒被塑造，
連陶藝課也放棄，

我要成為斑馬線外的斑馬。

事至如今，
你逃逸著青春；
我，也就順勢，
逃逸著臨老。

2015.05.28

春水春樹

晴空一聲霹靂，
小湖慌亂地洗出晚春的殘影。
風平日落，水天繼續互丟星子。

2015.04.23

露凝

多像我寫過的詩，
只求一句燦爛，
全篇皆可化成汙泥。

多像我活過的歲月，
留下的是虛幻的泡影，
我仍堅信：那是刀斧的痕跡。

2015.04.11

驚蟄之手

挑尋過集集大山裡的柴薪；
揀過凍頂烏龍的茶梗；
持拿剪刀，裁製過許多美麗的衣服；
撥動算珠，一手建立了家園。

這隻手，短胖但靈活，
粗糙，卻溫柔地將我們拉拔成長。
不是優雅的手，也不須拿筆，
就把壯瀾的詩句寫進歲月的皺痕裡。

這隻手，抓過黃昏裡的枝頭蜻蜓，

也在驚蟄之日，擦拭著欣喜的淚珠。

（母親自二月二日起，住院二十五天，卻有二十天在加護病房昏沉度過。睡睡醒醒，醒醒睡睡，譫妄復譫妄。從肺積水，心臟衰竭，泌尿道感染，腎功能衰弱，到右手臂血管血栓現象嚴重，八十六歲老人家一一挺過。二月二十七日終於可以出院，但是右手因手術關係，始終腫脹如麵龜。經我六姨、表舅媽精心照料，以及親友不斷打氣下，驚蟄之日，麵龜洩氣矣！）

2015.03.08

解脫

卸下沉重的鎖鍊後，那條狗
竟然不會走路了。

只見牠窩在破椅之下，
對著幫牠脫困的人，
狺　狺　不　止。

2015.01.19

冬天是

冬天是童話的開始。

所有的白都是純潔，
所有的紅都是點綴，
所有的綠都是謙虛。

而在深山中，
多說一句，也嫌多餘。

2014.12.01

秋日景美

我和兒子散步到水邊，
高個的走前面，
老矮的守後面。

我談起我的童年往事，
他惦念的是過關斬將的網路，
我們在景美溪畔讚賞那棵老榕樹。

秋日，宜父子同行，
景美，就不計較象棋誰輸誰贏，

他的前景，千里草青青。

2014 10.13

秋陽釀瓜

秋陽似酒，
瓜鬚爭相吸飲金汁：
我們必須趕在冬風之前，
修成正果。

2014.10.06

秋。空

蕈傘。草菇。雪花和銀針。
紗網。水龍頭。日光與琴聲。
軌道。轉軸器。還有紅綠燈。
鳥。啼。風。吹。以及蒼蒼竹林。

日子在噴湧。生活在低吟。
事件發生。猶如排雲。
明月皎皎。那是天空的事。
人間擾擾。由不得你清心。

沙拉。葵花。橄欖和地溝油。
肉鬆。肉醬。水餃與蔥油餅。
重金屬。黃麴素。還有波芘。
官。扯。商。混。以及茫茫天地。

2014.09.06

夏日的天空

我們的冰箱塞滿了色彩
勾人心魂的艷紅
賞心悅目的墨綠
清脆的黃，渾圓的紫
鮮青，嫩白

西瓜在唱歌，荔枝在唱歌，枇杷在唱歌，葡萄在唱歌
檸檬，芒果，鳳梨，蘋果，芭樂，還有奇異果
夏日的冰箱門怎麼也關不牢
百香奔竄，芳氣流洩

所以我把冰品往天空丟
愛玉往上丟，冰淇淋往上丟
雪花糕，仙人掌冰沙，奶油布丁
通通往上丟，因為
夏日的天空是我的冰箱

2014.07.02

因為，夏天

烏雲橫空刷來
驟雨簇發，冷箭斜射；
蜻蜓偏翼垂降，
在荒蕪的直升機場上，
咸豐草歪脖晃頭高喊：
革命啊！
遮球網始終張羅不到首謀者。
因為，這是夏天——

風，可以任意逃亡。

2014.05.12

在病院

病毒不會排隊，
人會。
人輸了。

人寫詩，吟詩，
病毒不來這套。
病毒贏了。

而在病院，
不寫詩並不保證是贏家——

病毒用詩的程式把人擊垮。

2013.05.05

我的左手

我的左手不用寫字，
綑綁包袱時也派不上用場，
只有偶而幾次急打噴嚏，
右手來不及遮掩鼻口，
左手才滑壘到位。

我的右手承攬了所有工作，
它不錯過每個機會，用盡所有動作，
抓，攫，捏，拿，取，握。
我的右手總是忙碌，時常受傷。

沒有長繭的左手，
每天只負責：舉菸，拿茶杯，
養尊處優的它，
空掌曬陽光，
一副悲憫眾生的模樣。

2013.03.13

世間文法

你使用不及物動詞，拒馬著我；
以抽象名詞，豢養你的憂鬱。
在介係詞與形容詞之間，
精心營造：你嶙峋的孤寂。

無法理解你的造句結構，
我回到世間軌道，循序漸進。
看見椅子，
坐下，休憩；
站起，前行。

不用任何副詞，我的文法：
買進賣出，庸俗一生。

2012.12.15

物像

物像存在著，無關對錯；
而心像產生了，也無關美醜。

下著細雨的冬日黃昏，
一條白毛巾覆蓋住：
幾本看不到書名的詩集——
詩意正在醞釀？

至於突如其來的
思念，被窗外的濃霧籠罩，

但，那更與你的愛恨無關了。

2012.12.01

秘徑

在我常去的森林裡
蜷伏著一條
秘徑。草木孤寂生長
紅花白花，自開，自落
雲雨與陰晴無關，鳥鳴也吵不著天空
晨光，從霧中射出；暮靄，在水澗邊消匿
我的秘徑，自由伸展，任意蜿蜒

在秘徑上，我時常遺落跫音
卻是誰也無法追蹤

轉了幾個彎後
走上大道，沒有人看得出
我從秘境歸來

•

2012.07.18

送行

並非不斷加油
車子就可以一路行駛下去
水箱破了，火星塞潮了
你的引擎也已磨損，零件脫落

下車吧，掌握方向盤的人
提前到站，先得休憩
當晚風拂掠，枯枝落葉花架都要遠颺
黑夜垂降以後，引擎蓋冷了
上面的浮影、憂思與病痛也會消匿

去吧，去吧！廢車留在這岸
另一段的旅程就不再幫你加油囉

2012.03.11

旁邊的旁邊

匆忙緊挨著悠閒
就在旁邊的旁邊
春霧追索著夏雷
就在旁邊的旁邊
簡訊撲擊著論文
就在旁邊的旁邊
雪花雕塑著火炬

就在旁邊的旁邊

遺忘翻攪著記憶
就在旁邊的旁邊

陌生，是你我唯一的連結
就在旁邊的旁邊

2012.03.08

請開始閱讀這世界

我兒則安十一歲生日祝詞

在你的背包裡，我早放了一本書
你已學會標點符號，現在可以開始閱讀

，每走一小段路，可以稍作停留，不可多作逗留
、沿途你記住每一蕊花朵、草葉、鳥飛、蟲鳴
。每個過程都值得回味，但不要回顧。我們還要啟程
；有時我們話多，條列下來，很多話語其實都是多餘
…有時我們無言，就把話沉澱在心底

「」我們喜歡發表自己的看法（那是你真正的想法嗎？）
『』我們也常常引用別人的見解（只是拿書本來壯膽）
？質疑，不斷地質疑，直到見著真理
！驚喜，對美好的事物不要吝於歡喜讚嘆
——道路不全都是直行，有些轉折讓旅程更添樂趣
※這是星光？這是棋盤？就看你怎麼定義
◎這是月暈？還是我的老花眼鏡？我始終弄不清
～這是你可愛的唇形，老爸夾尾而逃的身影

在我們的腳下散布了無數的符號陷阱
當你開始閱讀這世界，要勇敢踩下，同時剔清

2010.11.15

女兒哄

當你懂得回填網路上的足跡；
當你專注地擦抹鮮艷的指中油；
當你總是對著浴室裡的鏡子皺眉頭；
當你的房門深掩，喃喃私語輕輕流……
我開始慌愁：
紅嬰初啼那年忘了為你窖藏一罈好酒。

這是我再熟悉不過的小女娃？
陽光下在我懷中的笑臉燦爛如花。
如今我卻要試著接受你母儀的眼神，

雖則你還只是豆蔻梢頭的青春。
我依然停格在為你剪指甲、綁馬尾的窗旁，
你眸池裡的雲朵已飄到遙遠的藍天上。

是你長得太快，我老得慢？
你開始叮嚀我：少熬夜早點睡覺；
你挑剔起我的穿著：古板；
你以手機追索我：別在車上睡過站……
我無從拒絕的溫婉，
每在孤寂寒夜裡，佳釀為你留一半。

小溪過山，就會找到依附的河流，
走出無憂的長巷，讓你自己走。
山風徐徐，暮色如酒，

來年我將陶醉於金黃秋霞悠悠。
慶幸彼時沒將女兒紅往牆角窩，
微醺時刻，女兒攜酒回家·哄我。

2010.09.21

秋禍

秋天，無賴
秋天，流氓
秋天是吐放著蘋果香的徐娘

用她的白露，晶閃如鑽
秋天讓我犯下罪行
那般璀璨的露珠迸發六慾的光芒

在秋光下，我袒露出無知的慵懶
吸汲著短暫的溫暖

卻未能及時察覺暮色淹沒手腕
即使秋木已經散播出腐朽的氣息
我依然貪戀著
夕陽中燃燒的稻草香

秋月亮晃晃，傾斜的是我的肩膀
在那澄澈如鏡的的夜晚
是我，自願關進琉璃牢房

秋天，不宜戀愛？
我和每片黃葉接吻，並且
信誓旦旦：愛你直到死亡

2010.09.18

後記

翻捲，二〇一六

編纂一本詩集，是否要有整理衣櫃的概念？西裝、外套要分裝塑膠套，垂掛在衣櫃的右上角落；內衣褲要摺疊整齊放在下方桐木抽屜裡；過季的衣物存置在收納箱中；浴巾、手帕、領帶等等小物，各有角落，各有所歸——而新詩猶如心事，要如何分門別類儲放？

二〇一五年夏天，印刻出版社初安民社長攜來四尾炸黃魚，我們在台北市東南邊陲的河邊，暢飲冰啤酒。然後，我答應新的詩集交由印刻出版；然而這一等就是一年半載——因為，我一直沒去整理舊稿，台北、台中、溪頭三地奔波的途中，一得空，我不是拍攝照片，就是創作新品，然後在自己的臉書上發表。新的創作讓我無暇回顧昔日光彩，我從創作中感受自己肺葉的鮮氣呼吸與狂蹦的心跳（其實是高血壓的警訊）：那是多麼隨性隨意的書寫，不用討好世人或編輯，甩掉評論者的燈光掃描，我就自在地寫起古典詩、現代長短句、三行詩。就這樣無所求（也無所得）累積了數百首詩作。

當我有了很多木材要去裁切、截鋸、刨光，我可以另外製作出很多新的衣櫃，舊衣櫃的整理算什麼？於是，詩集的編務就這樣一拖再拖。

一直到前晚，童黨郭安當從台北提了一罈橄欖酒來溪頭——讓我睡前喝小半杯，好讓冰冷的右半身血液流通，容易溫暖入眠。席間，我提到詩集的編輯概念，而他從來不是文藝喜好者，他說：一首一首編排下去不就好了？對啊！冬天過了就是春天，夏天走了秋天到；熱天有螫人肌膚的毒日，寒天有凍人心魂的冰霧。

是啊，我並不是活在衣櫃裡的人，在等待公車的小站，我寫詩；經過破敗的巷弄，我寫詩；行進中，寫；喝茶，也寫。我的詩也不是那麼規矩地產生，以撕下的日曆，寫詩；拿香菸紙盒，寫詩；用鋼筆，可以；提起毛筆，更無妨。醒著，在構想；連睡夢中浮現的也是：晶閃如天星的字句——我為什麼要用整理衣櫃的概念編輯詩集呢？我在日月山川裡行走，呼吸——我何必將自己的感觸受想分門別類堆放？就讓它們跟著時間彎轉，停滯，奔流吧。

所以，我坐到暖日薰人的窗旁，開始倒轉時間軸，逆著時序把詩作一首一首挑出。這本詩集收錄的以二〇〇七年返鄉後十年的新詩作品為主，內容包含山水吟誦、諷世感時、親情追懷，沒有偉大的命題，更缺乏拯世濟民的情操；有的只是簡單的構成、直白的字句；少了驚嘆號，卻一路破折。

是的，破折。我從報社的高薪職位退下後，返鄉賣茶十年，時常遇著資金周轉瀕臨失靈的窘境。眼鏡磨損了，不敢換新鏡片；捨不得坐高鐵，選擇便宜的長途巴士，說是這樣才有足夠時間打瞌睡；一雙皮鞋穿到鞋帶脫穗，牛仔褲洗到褲管破裂，這倒追上流行的腳步。然而，真正的破折卻是去年畫出來的。

二〇一六年，我滿六十歲了。這一年，端午，中風；中秋，失恃；十月，仳離。所謂：「橋下流走的花，青春的戀人，回不去的家。」這三種人生況味，全在花甲的下半年一一嚐遍。不知者謂我善感，知者吶吶。與其感傷或默默以對，何不坦然呈現？隔了三十多年，我的第五本詩集終將面世了。書名《嬰兒翻》來自住院復健所寫的詩作：

翻身後，我像剛滿月的
嬰兒，在復健床上無知地笑著

明明是逐漸撿回天賦的動作
我卻有著收復吋吋失土的激動

嬰兒翻身原是最簡單的動作，對初中風者卻是個大工程，在左側翻身＋回來正躺、右側翻身＋回來正躺，來回操作數十下後，小有進步就淚流滿腮——這些原來是我康健時輕而易舉的動作，如今卻是重返不易呀！即此，《嬰兒翻》就是給六十歲的我，一種期許：要像赤子般，日益進步；要像赤子般，無知無邪。

歲月多舛，幸好有詩相伴；詩句雖短，卻足以懸掛一生。是為後記。

二〇一七年一月九日　晴冬溪頭

附錄

載著星星在霧中航行

李若鶯

「01:30 夢見一條戰艦載著星星在霧中航行」，這是林彧在〈單身日記〉寫下的第一行詩。年輕的時候，我們都曾經載著星星在霧中航行，都不得不設想自己是一艘戰艦，即使其本質是一葉舢板、一隻獨木舟、甚至一管竹筏，我們也要迷彩偽裝或心理建設成為戰艦，在詭譎多變的海面，迎風破浪，在起霧的大海航行，緊握手中的羅盤，注視著天空的星座，默禱著自己還沒有墮落到被諸神放棄，剩餘的純真猶足以反射星光，引領我們找到回家的航道。

多少年輕的夢在航程中被路過的風雲帶走，被翻湧的浪濤捲走，被時間的女兒偷走，像錯身而遊入深海的大魚，不再回來，不知所蹤，殘存腦海的記憶，只有曾閃爍如星光的夢之鱗片。我的夢的大魚，有枚閃亮的鱗片是和林彧相關的。那是我還在大學講授現代詩的時期，我曾想編輯三本現代詩選：

給青少年的「青蘋果詩選」，收錄情詩的「紅蘋果詩選」和採輯自己認為經典之作的「黃蘋果詩選」。這個想頭並沒有積極去計劃和進行，加上我又比自己預期的提早退休，也就成為許多未竟之夢的其中一個，一個發芽而沒有繼續熟成的夢，埋覆在夢田淺土層於暗夜發出歎息。林彧的詩，有多首列入「青蘋果詩選」備選詩作中，如，〈ㄞ丶ㄉ一ˇㄉㄚˊ〉、〈P.S.〉、〈鉛筆〉……當時覺得他的詩，意象平易而象徵鮮明，語言簡樸明朗卻有多重意涵，詩思富含生命的哲理，很具啟迪性和教育性。有一年暑假，我在研究所學分班開授現代詩，學生都是國高中教師，林彧的詩，是我指定的一個寫研究報告的主題。

十多年前，應該是林彧退下職場，離開十里繁華的台北，回到故鄉南投在溪頭經營茶莊沒幾年的事，我和牽手林佛兒旅遊路過，曾往探訪。在設色和布置都很沉穩雅緻、盪漾文人氣息的三顯茶莊，主人林彧親手泡茶，泡好的茶倒入造形彎曲的清亮玻璃長瓶，再徐徐傾入盃中。赭澄的茶汁在瓶腹靜置，再蜿蜒流過彎曲且窄的瓶頸，脈脈瀉入眼前小小磁盃，過程就充滿詩意，我至今印象歷歷，至於交談內容，則已完全忘卻。

成長於山鄉的林彧，青壯年時期——從大學就讀世新專到先後卸下《時報周刊》和《新新聞》要職——他生活的場域大都在台北，八〇年代是他詩想最旺盛的時期，題材大都俯拾自都會生活和職場生涯，如〈名片〉、〈釘書機〉、〈鉛筆〉、〈雙頭蠟燭〉、〈卡〉、〈B大樓〉之類。

他刻繪日常生活細節、批判庸碌的生活態度，因此被余光中定義為「受薪階級青年知識分子的代言人」，但這句話實不足以定義觀察比一般青年犀利深刻、思惟比一般知識分子敏銳壯闊的林彧。在這時期的詩中，他建立了強烈的個人風格：以素樸的題材和語言，呈現個人對存在的體悟和詮釋。

對於有一位在他少年時代就已是台灣知名詩人的兄長向陽的林彧，這樣的風格之建立，是才華洋溢的詩人擎起自己旗幟的最佳宣言，再挑剔、喜歡牽連的評論者，都不敢說林彧深受向陽影響。影響當然是有的，兄長閱讀的習慣和趣尚、載承稱譽的身影，都促使林彧也步上詩人之途；至於其他方面，詩的質量，兄弟是二列火車，有交會，卻是平行為多。

經歷從都會回歸家鄉、歇筆經商、家庭和生死離別的變故等等這些變化，喜歡攝影寫詩的林彧，一直都在那裡，在時空合宜的時候，雲開星見。讀他這幾首新作，且喜年輕時我所欣賞的林彧的風格，仍然健在。

意象平易而象徵鮮明

近取諸己，是林彧題材的一大特色。如果說在不疑處有疑，是一個研究者的人格特質和必備訓練；那麼，能在尋常中發現不尋常，在平凡中撥掘不平凡，是一個詩人必備的條件和涵養。林彧，不管是鏡頭的慧眼或詩想的心眼，都讓觀者讀者眼睛一亮、心頭一震。一場霧、一陣雨、一朵花、一堵牆，閃過思惟的一絲念頭、心湖泛動的一小小漣漪，他都能捕捉物我相接轉眼消失的剎那，攝入鏡頭或寫入詩行，成為永恆的邂逅，雋永的美。

這幾首詩，他寫霧，山中每天到了下午二點之後就逐漸從山谷向上漫出的煙嵐，或是在某些濕氣重、空氣清涼的早晨，也會一片氤氳的景象；他寫秋天的柿子；寫大病初癒做復健的簡單動作：站立和翻身；寫對人際關係和文壇現象的觀察省思。這些他經驗／經歷的日常事件，都是常人日復一日而視若不見、見而不思的事物，他摭拾了，且賦予活力，成為涵有意旨的象徵。

「霧」不只是自然天象，更是產生聯想和哲思的平臺；秋天由青澀到橙甜的柿子，成了抒寫生命旅途的寄託；從輪椅中挺身站立和如同嬰兒般翻轉身體，是精神勝利的前兆；就是最最沒有生命跡象的文法，也成了詩人表達處理和他者、和自我之互動關係的載具。觸處皆春，充滿能量和生機的意象，這樣的無所不在，擬喻又是這樣的廣闊自由。

語言簡樸而意涵繁複

林彧的詩不是寫給文學菁英的小眾看的，他不要疏離的意象，不要艱深的文字，不要晦澀的語言。他抑制寫作者辭彙庫藏豐富的個人表現慾，揀選素樸的語言，使他的詩平易近人。在他早期的詩作中，這樣的用意已經很明顯，如「比你矮？那是因為：／我站得比你低」（〈齒輪〉）、「／一排白癡之後，才看見／我羞澌地站在書架末端」（〈白癡〉）、「喂，樓上的，能不能／扶著我的影子走下來？」（〈德惠街，木樓梯〉）、「鷺鷥飛上自己的天空，／那樣深的寂寞啊。」（〈鷺鷥〉）、「水仙為了避免／陌生帶來的尷尬／

只好將香味藏起」（〈花看〉）。但是這些看似平易淺近的語言結合起來，卻又產生峰迴路轉的有機能量和別開新境的多重意涵。

《鹽分地帶文學》第六十八期刊出的這幾首詩，沒有一個艱難冷僻的文字，沒有一句造作拗折的語言，卻充滿歧義的妙想、引人會心的趣味。像桌上習常的一缽百合，初插時是含苞的，然後漸次綻放，最終坦露密藏香息的花心。林彧擅長的諧音聯想，在這少少五首詩中，就有三首用到這樣的技巧：〈霧會一場〉之以「霧」繫聯「誤」和「悟」；〈多柿之秋〉之以「柿」諧音「事」，以季節的「秋」雙關人生進入花甲的秋季；「練站」，或許也可以附會「戀棧」，表達詩人對生命還有不能輕言放下的珍惜。透過諧音聯想，林彧以簡單的意象透過雙關甚至多關的運用，豐富了意涵，如打開蓬門，望進深深庭院，予人撞見層樓疊巘之意外驚艷。

詩思明快而富含哲理

讀林彧的詩，有時會揣想，他會不會活得太嚴肅沉重？因為他對各種相遇

——與自然、與人、與物件——太敏銳，而伴隨相遇在他心靈映現的，初起是感性的火花、情感的融通投入，卻又立刻轉入知性的探討和理性的思惟，習慣性地翻撿和聯想這人、事、物在當下時空的意義，賦予偶然的相遇特殊又深刻的意涵。尤其喜歡做逆向思考，以此跳脫僵化的思維，予人出乎意表的啟發。如果我們在路上踢到一粒石頭，我們或許只咒罵一聲繼續前行，林彧會撿起來有興味地觀察，繼而思考石頭在這路上又被他踢到的意義，也許還放入口袋留作紀念。他早期的詩：〈名片〉、〈釘書機〉、〈拔河〉、〈鉛筆〉……幾乎每一首都意在言外，都為表達他的哲思悟念而存在。

像這幾首，〈霧會一場〉，除了以「霧」帶出「誤」和「悟」的諧趣，詩人要表達的，是一種穿透朦朧的清醒、萬象皆美的本質觀，和諸緣放下、沉默面對水窮雲起的人生境界。〈多柿之秋〉，「柿」之由「半生不熟」到「失血」，象徵人的一生；柿子紅了，被詩人喻為「慚顏羞色」，暗示人到中年，又遇到疾病和變故的不如意，最後柿子落地，詩人在林中撿拾「失血的／地球」。地球，人存在的依憑，即使如柿子的一生，最終失血，有所缺憾，卻也是人生的必然、地球的必然，而凡必然的，必然有美的因數存在其間。詩人在這裡提出他的缺陷的審美觀，並且放大人生觀去映照宇宙觀。這首詩的末了一節，我讀著，想及周夢蝶的〈剎那〉：「地球小如鴿卵／我輕輕地將它拾起／納入胸懷」。每個人不都是自己的地球嗎？因為只有自己存在，才使得地球的存在有意義，不是嗎？這粒鴿卵，要用自己胸懷一生的溫暖去祼護孕育。

林彧擅長寫四行詩，在短短四行中，要抓取的意象，要傳達的意旨，明快、爆發力十足地表達盡致；像精心繪製的四格漫畫，像湖面高高擎起的蓮，像他鏡頭下的孤挺花，一種不需要鋪陳、映襯、附加的簡美。精簡，卻又有層疊的意涵。〈練站〉寫久臥病榻，終於可以起床站立的那一瞬間，「獨立」之雙關，下語極重；「巍然」和「矮化」的翻轉，掩翳詩人內心的激動。〈嬰兒翻〉寫在病榻可以如嬰兒般翻身，這簡單自然的動作，增強了詩人對復健——收復失土——的信念。

在這一組詩裡，〈世間文法〉是比較特殊的一首。出現了雖不艱深但也不通常的語辭：「豢養」、「嶙峋」。用了高階的語法：「拒馬」之以名詞做動詞，「憂鬱」和「孤寂」之以形容詞做名詞；用「豢養」突顯「憂鬱」的增長，用「嶙峋」突顯「孤寂」的高冷。我認為這是一首用抽象的「文法」，譬喻人際關係的詩，人際互動有許多不足為外人道不可言傳也難以描述的「眉角」，偏偏人類社會又存在許多自古以來累積設定的所謂規矩禮法倫常；真的要去在意、遵守這些規矩倫常，只是活得疲累，失去自我。就像文法，文法其實是後設的學問，是彙整分析既存在的語言事實的產物。如果要合乎文法來寫作，一定破碎平淡不成文章，遑論風格的建立。詩人在第一節反諷了世故世俗的社會和文壇現象，在次節以「看見椅子，／坐下，休憩；／站起，前行。」口令式的語言，表示自己即將奉行的返皈天然的覺悟。我覺得，即使這「世間文法」的「文」字，都不妨讀去聲，相同於「文過飾非」的「文」字，人間，到處都是「文」的塗飾，不是嗎？。

和林彧自十多年前偶遇一別，重逢卻是在Fb上，我其實很少開看Fb，讀到他的訊息便也斷斷續續，知道他因病動刀在復健中，知道他病中又逢喪母之慟。讀到他寫的詩，看到他許多美麗有境界的攝影。許多以前讀他的詩的印象，一再被喚醒堆疊。最近在電視上看到有人引述了一句珍．奧斯汀的名言：「你可以由一個人的花園看見他的品性」，如果把「花園」改為「詩」，也是人的品性的一面鏡子吧。

如果不曾流浪，就不知道何謂故鄉；如果不曾迷路，就不是真的回航；如果不曾執著，就無法自詡放下；如果不曾徘徊鬼門關，就不能說已認識生命的真諦……現在的林彧，仍是從前的林彧，卻又不是已往的林彧了。那曾站在三叉路口，悒鬱唸著「黑夜裡奔回故鄉，／故鄉卻從丁字路口三方逃逸」（〈三徑〉）的青年林彧，已經找回故鄉了。

祝福返璞的林彧，復健一定要做到百分之百復元，請勿在途中留步。

——原載《鹽分地帶文學》第六十八期

文學叢書 541

嬰兒翻

作　者	林　彧
總編輯	初安民
責任編輯	林若瑜
美術編輯	林麗華
校　對	林　彧　林若瑜

發行人	張書銘
出　版	INK 印刻文學生活雜誌出版有限公司 新北市中和區建一路249號8樓 電話：02-22281626 傳真：02-22281598 e-mail：ink.book@msa.hinet.net
網　址	舒讀網http：//www.sudu.cc

法律顧問	巨鼎博達法律事務所 施竣中律師
總代理	成陽出版股份有限公司 電話：03-3589000（代表號） 傳真：03-3556521
郵政劃撥	19785090 印刻文學生活雜誌出版有限公司
印　刷	海王印刷事業股份有限公司

港澳總經銷	泛華發行代理有限公司
地　址	香港新界將軍澳工業邨駿昌街7號2樓
電　話	(852) 2798 2220
傳　真	(852) 2796 5471
網　址	www.gccd.com.hk

出版日期	2017年7月　初版
ISBN	978-986-387-187-3

定　價　290元

國家圖書館出版品預行編目資料

嬰兒翻／林彧著；
--初版, --新北市中和區：INK印刻文學,
2017.07　面；　公分.（文學叢書；541）
ISBN　978-986-387-187-3（平裝）
851.486　　106010980